LA Princesa DE NEGRO
Y LOS CONEJITOS HAMBRIENTOS

Shannon Hale & Dean Hale

Ilustrado por
LeUyen Pham

Traducción de Sara Cano

♪ Beascoa

Título original: *The Princess in Black
and the Hungry Bunny Horde*

Primera edición: junio de 2018

Publicado originariamente de acuerdo con el autor,
c/o BAROR INTERNATIONAL, INC., Armonk, New York, U.S.A.
© 2016, Shannon y Dean Hale, por el texto
© 2016, LeUyen Pham, por las ilustraciones
© 2018, Sara Cano Fernández, por la traducción

© 2018, de la presente edición en castellano:
Penguin Random House Grupo Editorial, S.A.U.
Travessera de Gràcia, 47-49. 08021 Barcelona
Realización editorial: Gerard Sardà

ISBN: 978-84-488-5109-5
Depósito legal: B-6663-2018

Impreso en IMPULS45
Granollers (Barcelona)

BE51095

Penguin
Random House
Grupo Editorial

Para las princesas Ivy y Cora,
que son más peligrosas de lo que parecen
S. H. y D. H.

Para las princesas Ysee, Madeleine y Peyton
L. P.

Capítulo 1

La princesa Magnolia y su unicornio
Cornelio cabalgaban hacia el pueblo. La
princesa Margarita los había invitado a
almorzar. Para dejar sitio para el almuerzo,
Cornelio no había desayunado.

En los almuerzos con la princesa Margarita había bollitos con mantequilla.

En los almuerzos con la princesa Margarita había tortillas con queso. En los almuerzos con la princesa Margarita había bandejas con montañas de rosquillas espolvoreadas con azúcar glas.

Almorzar con la princesa Margarita era lo que más le gustaba del mundo a Cornelio.

La cafetería ya estaba cerca. La brisa traía olor a pan calentito. Cornelio empezó a hacer cabriolas.

Y, entonces, el brillante de purpurina del anillo de la princesa Magnolia sonó. ¡La monstruo-alarma!

Cornelio se quejó. Ahora no le apetecía luchar con monstruos. Lo que él quería era comer rosquillas.

—No nos da tiempo a volver al casti-
llo, Cornelio —susurró la princesa Magnolia—. ¡A la cueva secreta!

A Cornelio le sonaron las tripas. Espe-
raba que el combate fuera cortito.

La princesa Magnolia
y Cornelio cabalgaron a
la cueva secreta. Cuando
salieron por el otro lado
del túnel, eran la Princesa
de Negro y su poni, Tizón.

Tizón se levantó sobre las patas traseras. ¡Cuidado, monstruos! Nunca os interpongáis entre un poni hambriento y un almuerzo particularmente rico.

Capítulo 2

La Princesa de Negro notó un vacío en el estómago. Quizá estuviera a punto de enfrentarse a su mayor enemigo. O quizá solo fuera hambre. Para dejar sitio para el almuerzo, no había desayunado.

Bruno el cabrero venía corriendo hacia ellos.

—¡Socorro! —gritaba—. ¡Hay cientos de ellos! ¡Es la peor invasión de monstruos que hemos tenido nunca!

—¡Vuela, Tizón, vuela! —dijo la Princesa de Negro.

Tizón no voló. Pero corrió muy deprisa.

Galoparon hasta el prado de las cabras. La Princesa de Negro bajó de la silla de montar dando una voltereta. La Princesa de Negro levantó los puños en Posición de Batalla.

La Princesa de Negro sonrió.

Capítulo 3

Bruno el cabrero volvió corriendo al prado de las cabras. Le gustaba ver los movimientos ninjas de la Princesa de Negro sin que ella se diera cuenta. Necesitaba practicar más antes de convertirse en el Cabrero Justiciero.

Pero cuando llegó al prado, la Princesa de Negro no estaba combatiendo a las
bestias. Estaba poniendo morritos besucones.

Aquello no tenía sentido. La Princesa de Negro combatía a los monstruos que amenazaban a sus cabras. Nunca antes había hecho carantoñas a los monstruos. Nunca antes les había puesto morritos besucones.

—¿Dónde están los monstruos? —preguntó la Princesa de Negro.

Bruno se había quedado sin aliento de tanto correr. Señaló al suelo.

—¿Dónde? —preguntó la Princesa de Negro.

Bruno volvió a señalar. Había un montón de conejitos a los que señalar.

—No veo ningún monstruo aparte de estos conejitos —dijo.

—Los conejitos son... los monstruos —dijo Bruno.

La Princesa de Negro rio.

—Los conejitos no son monstruos.

—Pero han venido de... Monstruolandia —dijo Bruno—. Han salido saltando de ese agujero. ¡Y se están comiendo el pasto de mis cabras!

—Ay, Bruno —respondió la Princesa de Negro—. ¡Son unos conejitos muy monos! ¿Qué daño podrían hacer?

Capítulo 4

Abajo, en Monstruolandia, los conejitos estaban aburridos. Aburridos y hambrientos.

Lo habían probado todo con sus cien boquitas. Habían saboreado pelo de monstruo. Habían comido trocitos de piedra. Habían cenado uñas cortadas y escamas de lagartija. Y no se les pasaba el hambre.

En el techo de Monstruolandia había
un agujero. Por él bajaba un olorcillo muy
interesante.

Un conejito valiente había asomado la
cabeza por él.

¡Hierba! ¡Un mar de hierba verde!

—Tengo que probarla —dijo el conejito.

El conejito masticó un poco de hierba.

—Esto está rico —dijo—. Tengo que contárselo a los demás.

Y se lo contó a los demás.

Y un montón de conejitos hambrientos salieron brincando al prado de las cabras.

Capítulo 5

A Tizón se le retorcían las tripas de hambre. Aquellos conejitos parecían saborear la hierba con placer. Tizón se preguntó si estaría particularmente rica.

Tizón olisqueó un trocito de hierba verde. No olía a bollitos con mantequilla. No olía a tortillas con queso, ni a rosquillas espolvoreadas con azúcar glas.

Tizón cerró los ojos. Imaginó que la hierba estaba tan deliciosa como el almuerzo. Abrió mucho la boca y dio un mordisco.

Escupió y tosió. No le había sabido a rosquillas. Ni siquiera le había sabido a hierba.

Tizón tenía la boca llena de tierra. Los conejitos habían devorado aquel trozo de hierba entero.

Y parecía que uno le estaba mordisqueando la punta de la cola.

Sí, definitivamente, un conejito estaba mordisqueándole la cola a Tizón.

Tizón sacudió la cola. El conejito no se soltó.

Tizón hizo una cabriola. El conejito no se soltó.

Tizón se sentó. De culo, sobre su cola.

El conejito se soltó y se alejó brincando.

Capítulo 6

—¡Princesa de Negro, tienes que detener a estos monstruos! —le pidió Bruno.

El cabrero se tiraba del pelo. Daba vueltas de un lado para otro.

—¿Estás seguro de que han salido de Monstruolandia? —preguntó.

—¡Sí! —respondió Bruno—. ¡Los he visto salir brincando de ese agujero!

—¡Pobrecitos! —dijo la Princesa de Negro—. Probablemente han venido aquí escapando de los monstruos. Tenemos que protegerlos.

En ese momento, una zarpa apareció por el agujero.

A la primera zarpa le siguieron otras ocho. Un monstruo enorme, babeante, con nueve zarpas, salió de la tierra.

Se apoyaba en sus muchas patas. Abrió las fauces.

—¡RAAAWRRR! —dijo.

Los conejitos dejaron de comer. Se quedaron mirando al monstruo.

El monstruo empezó a decir «RAAAWRRR!» otra vez. Pero solo le dio tiempo a decir «RAAA...». Acababa de ver a los conejitos.

Los conejitos meneaban la nariz.

El monstruo de nueve zarpas volvió a meterse por el agujero.

Los conejitos siguieron comiendo.

—¿Has visto? —dijo Bruno—. ¡Ese monstruo gigante, babeante, con nueve zarpas, tiene miedo a los conejitos!

—¡Eso es imposible! —dijo la Princesa de Negro—. Los conejitos no dan miedo.

Acarició al que tenía en el regazo. Pero en vez de uno, ahora tenía tres.

—Vaya, ¿ahora hay más conejitos que antes?

Capítulo 7

El prado ya no era verde. Los conejitos habían devorado casi todas las briznas de hierba.

Unos cuantos conejitos estaban pegados como lapas al gran roble.

—¿Se están comiendo ese árbol? —preguntó Bruno.

—Claro que no —respondió la Princesa de Negro—. Los conejitos no comen árboles.

Más conejitos saltaron al tronco del árbol. Otros se subieron a sus ramas. Segundos después, el árbol había desaparecido.

Los conejitos se relamieron.

—¡Se han comido el árbol! —gritó Bruno—. ¡Se han comido el árbol entero!

La Princesa de Negro no se dio cuenta. Estaba acariciando a los conejitos que tenía en el regazo. Ahora eran seis.

Los conejitos saltaron al lomo de las cabras. Les mordisqueaban el pelo.

—¡Se están comiendo mis cabras! ¡Se están comiendo mis cabras! —chilló.

Pero... pero si son unos conejitos moní-simos —dijo la Princesa de Negro.

Un conejito monísimo se subió de un brinco a la cabeza de una cabra. Abrió la boquita de par en par y le mordió un cuerno a la cabra. Hizo ¡ÑAM!

Ahora la cabra tenía medio cuerno.

—¡AAAH! —exclamó Bruno.

La Princesa de Negro se miró el regazo. Un conejito estaba mordisqueando su cetro.

Capítulo 8

La Princesa de Negro se levantó. Diez conejitos bajaron rodando por su regazo. Uno estaba masticando un trozo de su capa.

—En realidad sois monstruos, ¿verdad? —preguntó.

Los conejitos menearon sus naricillas aterciopeladas. Los conejitos agitaron sus suaves colitas. Uno de los más altos le arrancó el cencerro a una cabra del cuello de un mordisco.

—De acuerdo, conejitos monstruosos, ¡ya está bien! —dijo la Princesa de Negro—. ¡Volved al agujero!

Los conejitos se acercaron brincando. Uno le olisqueó el zapato.

La Princesa de Negro apretó un botón en su cetro. Se convirtió en una vara. La agitó hacia los conejitos.

¡BARRIDO BRILLANTE!

¡RAMALAZO RAMPANTE!

Los conejitos esquivaron sus ataques. La miraron y parpadearon. Se pusieron a mordisquear una roca.

—¡Bruno, no sé qué hacer! —dijo la Princesa de Negro—. ¡Hay muchísimos! ¡Ni siquiera puedo tocarlos!

—¡Prueba con el Asombroso Abanico Aullador! —dijo Bruno—. Eso espantó al monstruo orejudo la primavera pasada.

La Princesa de Negro desplegó su escudo-abanico. Lo golpeó con su vara. Un sonoro ¡AUUUU! hizo eco por todo el prado.

Los conejitos sacudieron las orejas. Comieron unas cuantas rocas más. Se amontonaron alrededor de las cabras. Las cabras balaban, nerviosas. Sobre todo una, a la que le faltaba medio cuerno.

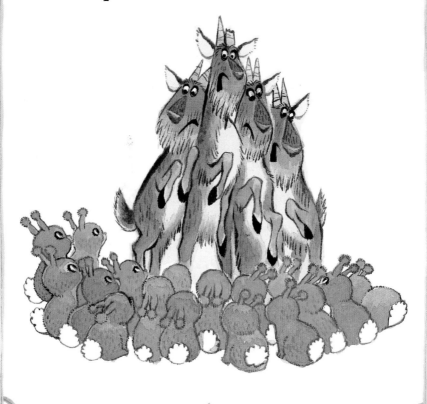

—¡Atrás, conejitos! ¡Atrás! —gritaba la Princesa de Negro.

Ningún conejito se movió. El único que lo hizo fue el que le daba delicados mordisquitos a su zapato.

Capítulo 9

Los conejitos vieron a la Princesa de Negro gritar.

—La niña oscura nos está cantando —dijo un conejito.

Los conejitos vieron a la Princesa de Negro agitar la vara.

—Está bailando para nosotros —dijo otro conejito.

—Deberíamos preguntarle si se come —dijo uno de los conejitos que estaba más al fondo.

—¿Te puedo comer? —preguntó un conejito que estaba cerca de su pie.

—Si no se pudiera comer, nos lo diría —respondió otro desde la cabeza de una cabra—. Diría: «¡No soy comida!».

—Si es comida, deberíamos comérnosla —dijo un conejito que nadie había visto hasta entonces.

—Igual no nos ha oído bien —dijo el más pequeño—. Tiene las orejas muy pequeñas.

—Vamos a preguntárselo otra vez —dijo el más grande—. Todos a la vez.

Cientos de ojos miraron a la Princesa de Negro. Cientos de ojos parpadearon monísimamente y a la vez.

—¿TE PODEMOS COMER? —estaban preguntando los conejitos.

Pero la Princesa de Negro no oyó ninguna pregunta. Solo vio a los conejitos parpadear monísimamente. Los vio olisquear monísimamente y menear monísimamente las orejitas.

—No contesta —dijo un conejito en el centro—. Debe de ser comida.

Entonces todos los conejitos dijeron «¡A COMERLA!» al mismo tiempo.

Capítulo 10

La Princesa de Negro no sabía que los conejitos le estaban hablando.

Bruno tampoco lo sabía.

Ni tampoco las cabras.

Los conejitos hambrientos hablaban el idioma de la monería.

Con monísimos movimientos de naricillas. Meneítos monos.

Monos saltitos. Solo los entendían animales igual de monos que ellos.

Y por eso Tizón los entendía.

Porque Tizón no solo era Tizón el poni.

También era Cornelio.

igual ----------->

<------- igual

igual

Cornelio el unicornio.

Y Cornelio el unicornio era tan mono como ellos.

igual

igual

igual

Capítulo 11

A Tizón le sonaban las tripas.

Sus tripas protestaban. Rugían. A Tizón le costaba pensar en otra cosa que no fuera el almuerzo. El almuerzo que se estaba perdiendo.

Entonces se dio cuenta de que los conejitos estaban diciendo algo. Algo sobre comer.

¿Querrían almorzar? ¿También querían bollitos y tortillas y rosquillas?

No. ¡Iban a comerse a la Princesa de Negro!

Los conejitos formaron una masa mo-
rada. Tenían las boquitas abiertas. Les bri-
llaban los dientecitos. Sus ojillos negros
miraban fijamente a la Princesa de Negro.

Tizón se puso delante de su amiga de
un salto.

—¡Deteneos! —dijo Tizón relinchando
delicadamente.

Todos los conejitos miraron a Tizón.

—No os la podéis comer —dijo con un
pestañeo.

—No habla —respondió a Tizón el conejito que tenía un trozo de zapato en la
boca—. Es comida.

—No está rica —respondió Tizón con un coceo juguetón—. Está asquerosa. Toda la comida rica se ha terminado.

Los conejitos miraron a su alrededor,
al prado seco y polvoriento.

—Seguro que en Monstruolandia queda comida rica —dijo Tizón.

—¿Aquí tenéis uñas gigantes cortadas? —preguntó un conejito que estaba a un lado.

—No —respondió Tizón.

—¿Escamas? ¿Tenéis escamas de lagartija para comer, quizá? —preguntó un conejito que estaba en el hombro de Bruno.

—No hay escamas —contestó Tizón.

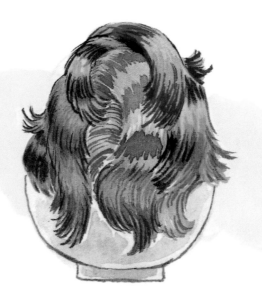

—¿Y pelo de monstruo? Seguro que pelo de monstruo sí tenéis —dijo un conejito gordo que estaba apoyado contra una cabra.

—Ni un poquito —dijo Tizón—. ¿No parecen deliciosas esas uñas cortadas? Las escamas de lagartija, riquísimas. El pelo de monstruo, sabrosísimo.

—Echo de menos Monstruolandia —dijo el conejito más pequeño.

—Yo también —respondieron cientos de conejitos más.

—Deberíais volver —dijo Tizón.

—¡Sí! —respondieron los conejitos monstruosos.

Y entraron por el agujero en avalancha.

Capítulo 12

La princesa Margarita estaba sentada, sola, en una mesa de la cafetería. En la mesa había bollitos con mantequilla. Había tortillas con queso. Había bandejas con montañas de rosquillas espolvoreadas con azúcar glas.

Pero la Princesa Magnolia no estaba.
Ni Cornelio tampoco. Hasta su cerdo de
compañía, sir Lechonzote, la había dejado
plantada.

Los camareros recogieron la mesa. Se les había pasado la hora del almuerzo.

La princesa Margarita suspiró. Le gustaba ser amiga de la princesa Magnolia. Pero la princesa Magnolia casi siempre llegaba tarde. Y, a veces, aparecía con el vestido del revés.

—Qué raro —decía la princesa Margarita para sus adentros.

¿Dónde se habría metido la princesa Magnolia? ¿Y por qué se vestía deprisa y corriendo? La princesa Margarita se puso a pensar.

Ya casi había encontrado la solución...

Pero, justo en ese momento, alguien gritó su nombre.

¿Sería la princesa Magnolia con el vestido del revés? ¡No, era la Princesa de Negro!

Estaba guiando un rebaño de cabras al prado del pueblo. El cabrero iba contándole a todo el mundo que la Princesa de Negro y Tizón habían salvado a sus cabras. La gente gritaba «¡Viva!».

—¡Princesa Margarita! —la llamó—. La princesa Magnolia me manda a pedirte disculpas de su parte. Dice que siente mucho no haber podido quedar a almorzar.

—Qué raro —respondió la princesa Margarita—. Una pena, porque ya se nos ha pasado la hora del almuerzo.

Tizón se quejó.

—Y eso quiere decir que es hora de comer —dijo la princesa Margarita—. ¿Queréis comer conmigo?

A Tizón se le pusieron los ojos como platos. Se le movieron las orejas solas. Meneó la cola. En el idioma de la monería, él también gritaba «¡Viva!».

—La hora de la comida es lo que más me gusta del mundo —dijo la Princesa de Negro.

Ese día, Cornelio el unicornio no pudo almorzar. Pero Tizón el poni comió como un rey.

¡VUELA, TIZÓN, VUELA!

¿Qué le espera a la Princesa de Negro?

¡LE ESPERAN INCREÍBLES AVENTURAS! ¡NO TE LAS PIERDAS!

LA PRINCESA DE NEGRO SE VA DE VACACIONES

**LA PRINCESA
DE NEGRO**

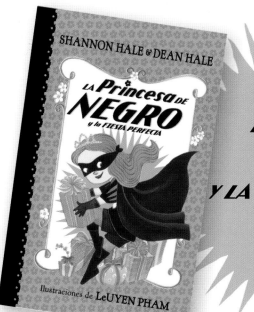

**LA PRINCESA
DE NEGRO
Y LA FIESTA PERFECTA**

Este libro se terminó de imprimir

en el mes de mayo de 2018.